# DIE
# PFORTEN ZUR HÖLLE

JACQUES MARTIN - GILLES CHAILLET

casterman

ISBN 2-203-78025-8
Titel der Originalausgabe: Les portes de l'enfer
© Jacques Martin / Casterman 2000
Lettering: I.M. Szymaniak
Alle deutschen Rechte vorbehalten

Druck : PPO Graphic - 93500 Pantin - Frankreich

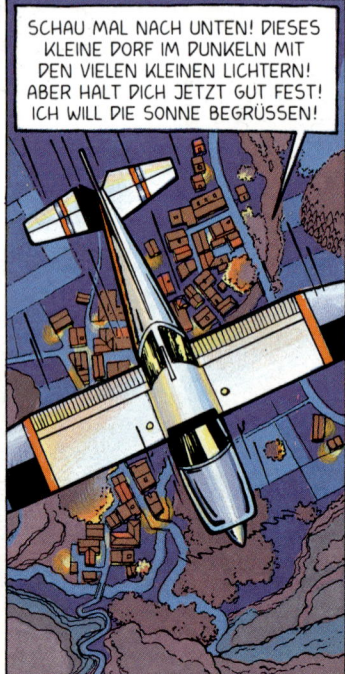

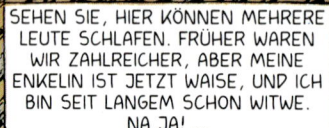

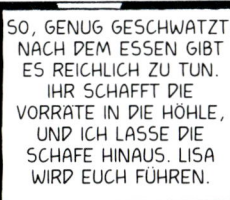

DIE HERREN VON CRANS WAREN NICHT SCHLIMMER ALS ANDERE AUCH, ABER GRAF CHARLES WAR EIN LEIDENSCHAFTLICHER JÄGER. ER DACHTE SICH NICHTS DABEI, DIE FELDER SEINER LEIBEIGENEN ZU VERWÜSTEN.

DIE BAUERN WURDEN VON DIESEN VERWÜSTUNGEN SCHWER GETROFFEN. DER DORFPFARRER - SELBST NICHT REICHER ALS SIE BAUERN - TAT ALLES, UM IHNEN IN IHRER GROSSEN NOT TROST ZU SPENDEN, WAS IHM ABER FAST NIE GELANG.

WAS DEN GRAFEN ANGING, SO BESASS ER SEINE EIGENE KAPELLE, SEINEN KAPLAN UND SEINEN KLEINEN HOF UND KÜMMERTE SICH NICHT UM DIE DORFBEWOHNER ... ES GELANG IHM VORZÜGLICH, ÜBER DIESE "WÜHLMÄUSE" HINWEGZUSEHEN.

ALS DER WINTER DAS TAL ERSTARREN LIESS, WURDE DIE NOT IN DEN HÜTTEN NOCH GRÖSSER.

WÄHREND IM SCHLOSS ABENDS DIE LICHTER AUFLEUCHTETEN, HERRSCHTE IM TAL DIE TIEFE FINSTERNIS.

ES WAR DIE ZEIT, IN DER GRAF CHARLES SICH UNERMÜDLICH VON DEN KÄMPFEN DER RITTER ERZÄHLEN LIESS, DIE IM NORDEN GEGEN DIE ENGLÄNDER KRIEG FÜHRTEN, UND ER TRÄUMTE DAVON, WIE ER SICH MIT DIESEN FERNEN FEINDEN RAUFTE ... ABER SEINE ABREISE VERSCHOB ER IMMER WIEDER.

MANCHMAL TRIEB NACHTS EIN ANHALTENDES WEHGESCHREI DIE DORFBEWOHNER AUS IHREN HÄUSERN.

HYOOUUOUYOU

DANN STIEGEN SIE SCHWEIGEND IN DIE EISÜBERZOGENEN BERGE HINAUF. HILFLOS UND VERZWEIFELT ZOGEN SIE ZU DEN PFORTEN DER HÖLLE.

| Panel 1 | Panel 2 | Panel 3 | Panel 4 |

MEIN GOTT! DAS WAR KNAPP!

JETZT FANGT ES AN ZU REGNEN!
IN STRÖMEN! ... DAS IST VIELLEICHT GUT SO! LOS, SCHNELL INS HAUS!

SCHAU DIR DAS EINMAL AN!
WELCH EINE SINTFLUT! NUR GUT, DASS DIESE SCHAFSFELLE DICHT SIND!

DER LANGERSEHNTE REGEN PRASSELT NIEDER, UNUNTERBROCHEN BIS ABENDS ...

... UND SOGAR DIE GANZE NACHT ÜBER ... ABER BEI TAGESANBRUCH WIRD ES GANZ PLÖTZLICH KÄLTER ...

... SO KALT, DASS BEI SONNENAUFGANG DIE BERGGIPFEL MIT SCHNEE BEDECKT SIND.

WUNDERBAR! LASST UNS EINEN SCHNEEMANN BAUEN!
ES GIBT DRINGENDERES! WIR MÜSSEN EIN STÜCK DER WIESE FREILEGEN, DAMIT DIE SCHAFE FRESSEN KÖNNEN. HELFT MIR BITTE!

KURZ DANACH ...
SO, NOCH EIN STREIFEN! DAS DÜRFTE FÜR HEUTE REICHEN.
WOHIN GEHST DU, ROBERT? WIR SIND NOCH NICHT FERTIG!
ICH KOMME GLEICH WIEDER. ICH WILL NUR SEHEN, WAS IM TAL IST.

OH! KOMMT SCHNELL!

**?! ?**

DURCH DEN REGEN IST DIE WOLKE FAST VERSCHWUNDEN. NUR TIEF UNTEN IST NOCH WAS ZU SEHEN.

ALLES VERKOHLT! DER RAUCH HAT JEGLICHES LEBEN VERNICHTET! ENTSETZLICH!

ABER LISA, WAS HAST DU?

MEIN DORF! ES IST BESTIMMT ZERSTÖRT ... TOTAL! ICH WERDE ES NIEMALS WIEDERSEHEN! NIEMALS! MEINE FAMILIE! MEINE FREUNDE!

WIR SIND ALLE IN DERSELBEN SITUATION, MEINE KLEINE LISA ... DER KUMMER UND DIE ANGST ZERREISSEN UNS DAS HERZ, ABER WIR MÜSSEN DAS ÜBERSTEHEN ... KOMM, LASS UNS TROTZDEM EINEN SCHNEEMANN BAUEN!

NEIN! ES SCHNEIT JA SCHON WIEDER.

ICH HABE DIE BESEN EINGESAMMELT ... GEHEN WIR HEIM, WIR KÖNNEN NICHTS WEITER TUN!

UNSERE ARBEIT WAR VERGEBENS. DAS GRAS WIRD WIEDER ZUSCHNEIEN UND DIE ARMEN TIERE FINDEN NICHTS ZU FRESSEN ... WOMIT HABEN WIR DAS VERDIENT?!

MADAME LANE, SEIEN SIE NICHT ...

FLOO-FLOO-FLOOP-FL

- DAHINTEN! EINE HUBSCHRAUBERSTAFFEL!
- WAS MACHEN WIR JETZT? ...
- NICHTS! WIR WOLLTEN UNS DOCH NICHT MEHR VERSTECKEN.

FLOO-FLOO-FLOOP

FLOO-FLOO-FLOOP
- EINER IST GANZ NAH UND FLIEGT TIEFER.
- SCHAUEN WIR UNS DEN AN!
- JA, ABER SEID VORSICHTIG!

- WAS MACHT DER NUR? ...
- OFFENBAR BEOBACHTEN UNS DIE PILOTEN. VIELLEICHT FILMEN SIE

LANGSAM ENTFERNT SICH DER HUBSCHRAUBER UND VERSCHWINDET IN DEM GEWIRR DER TÄLER.

- WIR HABEN OFFENBAR NOCH MAL STRAFAUFSCHUB BEKOMMEN.
- BAH! JEDENFALLS IST ES UNMÖGLICH, SO NOCH LANGE DURCHZUHALTEN. NAHRUNGSMITTEL, BRENNHOLZ, BEKLEIDUNG, ALLES WIRD KNAPP! ...

- WAS SOLLEN WIR ALSO TUN? ...
- WIR MÜSSEN EIN SCHAF NACH DEM ANDEREN TÖTEN, DAMIT WIR EINE WEILE ÜBERLEBEN KÖNNEN.

- HE! SCHAUT MAL DA HINTEN AM HORIZONT!

- EIN FEUER! ...

37

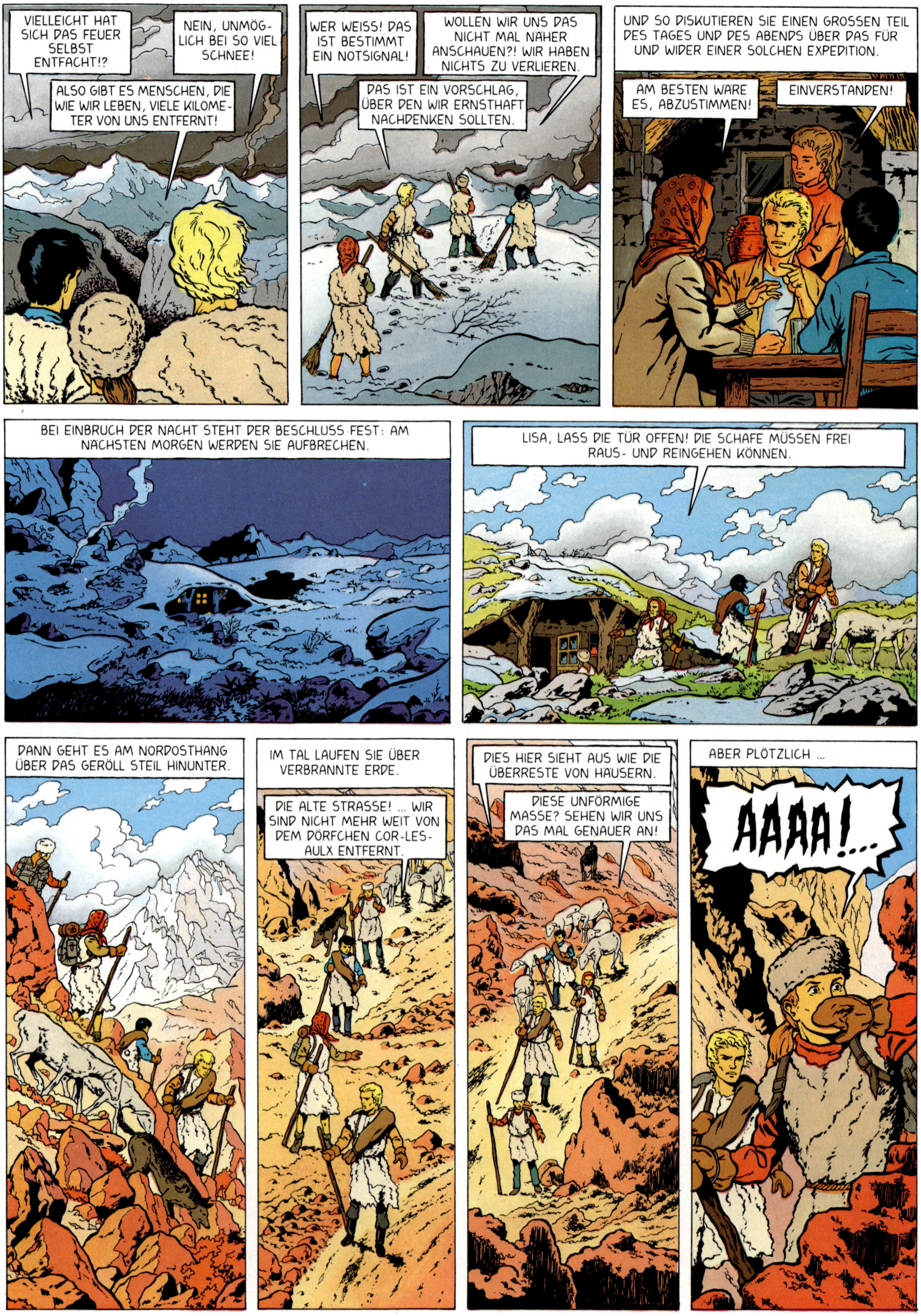
VIELLEICHT HAT SICH DAS FEUER SELBST ENTFACHT!?
NEIN, UNMÖGLICH BEI SO VIEL SCHNEE!
ALSO GIBT ES MENSCHEN, DIE WIE WIR LEBEN, VIELE KILOMETER VON UNS ENTFERNT!
WER WEISS! DAS IST BESTIMMT EIN NOTSIGNAL!
WOLLEN WIR UNS DAS NICHT MAL NÄHER ANSCHAUEN?! WIR HABEN NICHTS ZU VERLIEREN.
DAS IST EIN VORSCHLAG, ÜBER DEN WIR ERNSTHAFT NACHDENKEN SOLLTEN.
UND SO DISKUTIEREN SIE EINEN GROSSEN TEIL DES TAGES UND DES ABENDS ÜBER DAS FÜR UND WIDER EINER SOLCHEN EXPEDITION.
AM BESTEN WÄRE ES, ABZUSTIMMEN!
EINVERSTANDEN!
BEI EINBRUCH DER NACHT STEHT DER BESCHLUSS FEST: AM NÄCHSTEN MORGEN WERDEN SIE AUFBRECHEN.
LISA, LASS DIE TÜR OFFEN! DIE SCHAFE MÜSSEN FREI RAUS- UND REINGEHEN KÖNNEN.
DANN GEHT ES AM NORDOSTHANG ÜBER DAS GERÖLL STEIL HINUNTER.
IM TAL LAUFEN SIE ÜBER VERBRANNTE ERDE.
DIE ALTE STRASSE! ... WIR SIND NICHT MEHR WEIT VON DEM DÖRFCHEN COR-LES-AULX ENTFERNT.
DIES HIER SIEHT AUS WIE DIE ÜBERRESTE VON HÄUSERN.
DIESE UNFÖRMIGE MASSE? SEHEN WIR UNS DAS MAL GENAUER AN!
ABER PLÖTZLICH ...
AAAA!...

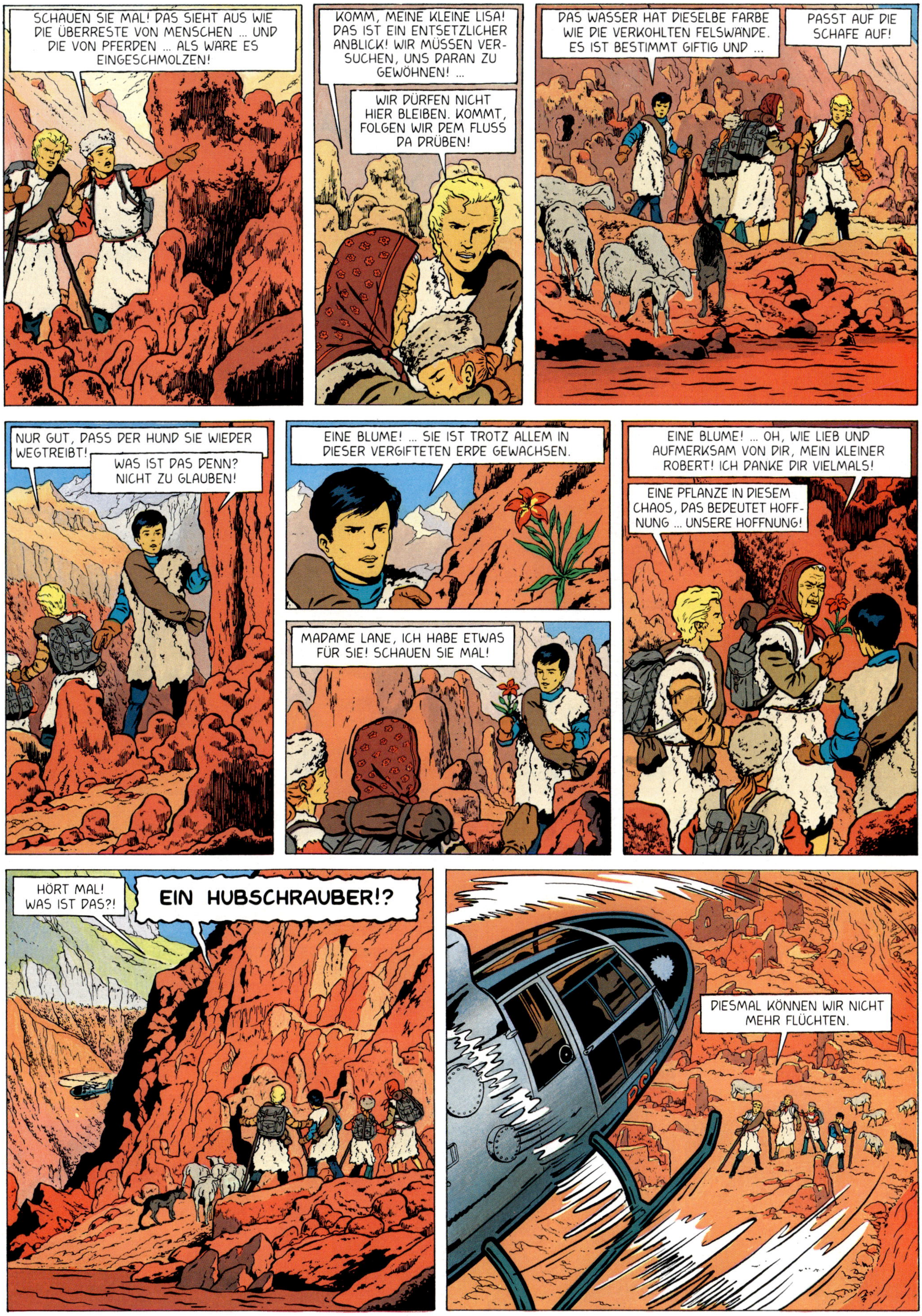
SCHAUEN SIE MAL! DAS SIEHT AUS WIE DIE ÜBERRESTE VON MENSCHEN ... UND DIE VON PFERDEN ... ALS WÄRE ES EINGESCHMOLZEN!
KOMM, MEINE KLEINE LISA! DAS IST EIN ENTSETZLICHER ANBLICK! WIR MÜSSEN VERSUCHEN, UNS DARAN ZU GEWÖHNEN! ...
WIR DÜRFEN NICHT HIER BLEIBEN. KOMMT, FOLGEN WIR DEM FLUSS DA DRÜBEN!
DAS WASSER HAT DIESELBE FARBE WIE DIE VERKOHLTEN FELSWÄNDE. ES IST BESTIMMT GIFTIG UND ...
PASST AUF DIE SCHAFE AUF!
NUR GUT, DASS DER HUND SIE WIEDER WEGTREIBT!
WAS IST DAS DENN? NICHT ZU GLAUBEN!
EINE BLUME! ... SIE IST TROTZ ALLEM IN DIESER VERGIFTETEN ERDE GEWACHSEN.
MADAME LANE, ICH HABE ETWAS FÜR SIE! SCHAUEN SIE MAL!
EINE BLUME! ... OH, WIE LIEB UND AUFMERKSAM VON DIR, MEIN KLEINER ROBERT! ICH DANKE DIR VIELMALS!
EINE PFLANZE IN DIESEM CHAOS, DAS BEDEUTET HOFFNUNG ... UNSERE HOFFNUNG!
HÖRT MAL! WAS IST DAS?!
EIN HUBSCHRAUBER!?
DIESMAL KÖNNEN WIR NICHT MEHR FLÜCHTEN.

ACHTUNG! ... WIR LANDEN ... SIE BEFINDEN SICH IN EINEM GEFÄHR-LICHEN GEBIET ... BLEIBEN SIE DA STEHEN! ...
BLEIBT HINTER MIR! ... ICH WERDE VER-SUCHEN, MIT IHNEN ZU VERHANDELN.
DA SIND SIE! KEINE UNVORSICHTIGE BEWEGUNG; DIES IST DER SCHWIERIGSTE AUGENBLICK.
HIER LEUTNANT RHODIN ... SIE BEFINDEN SICH AUF MILITÄRI-SCHEM SPERRGEBIET UND MÜSSEN SICH VERANTWORTEN. MOMENT MAL, ICH MUSS EINEN FUNKSPRUCH DURCHGEBEN!
MELDUNG AN STÜTZPUNKT ... BRAUCHEN SCHNELLSTENS ZWEI HUBSCHRAUBER!
IN WENIGEN MINUTEN WERDEN SIE EVAKUIERT. DIESES GEBIET IST FÜR ZIVILISTEN GESPERRT. WAS TUN SIE HIER?
WIR SIND KAUM ZU UNSEREM VERGNÜGEN HIER; ABER DARF ICH SIE DAS GLEICHE FRAGEN?
DARAUF BRAUCHE ICH NICHT ZU ANTWORTEN. WIR HABEN UNSERE BEFEHLE UND BEFOLGEN SIE!

UND EINE HALBE STUNDE SPÄTER ...

DA SIND SIE JA! JETZT WERDEN WIR GLEICH KLARHEIT HABEN.

NEIN, DAS MACHE ICH SPÄTER.

HABEN SIE DIE EINSATZZENTRALE INFORMIERT?

HIER LANG ...

FOLGEN SIE MIR BITTE, MEINE DAMEN!

OBERST POLSIUS, KOMMANDANT DER DRITTEN SPEZIALEINHEIT!

LUC FRANK, JOURNALIST ... UND DAS IST ROBERT LE GALL!

WIR KÜMMERN UNS UM IHN ... KOMMEN SIE BITTE MIT, HERR FRANK!

TRETEN SIE NÄHER! DIES IST ZWAR NICHT DAS HOTEL RITZ, ABER EINE DUSCHE HABEN WIR. MÖCHTEN SIE DUSCHEN?

LIEBEND GERNE! ...

UND EINE KLEINE WEILE SPÄTER ...

IHRE GESCHICHTE IST UNGLAUBLICH! HABEN SIE AUCH NICHTS VERGESSEN, DENN ICH MUSS EIN GENAUES PROTOKOLL ANFERTIGEN?

NEIN, ICH GLAUBE, DASS ICH ES IHNEN GUT ZUSAMMENGEFASST HABE.

NA GUT, DANN TELEFONIERE ICH JETZT ... HALLO? HIER Z.S.G. 3! ... JA! ... DRINGEND! ES GIBT ÜBERLEBENDE IN DER ZONE K.7 ... JA! DER JOURNALIST LUC FRANK, ZWEI FRAUEN UND EIN JUNGE ... UND SCHAFE UND EIN HUND.

WIE BITTE? ... NATÜRLICH! ... KEIN PROBLEM ... GEWISS ... GEHEIM! ... WIRD GEMACHT!

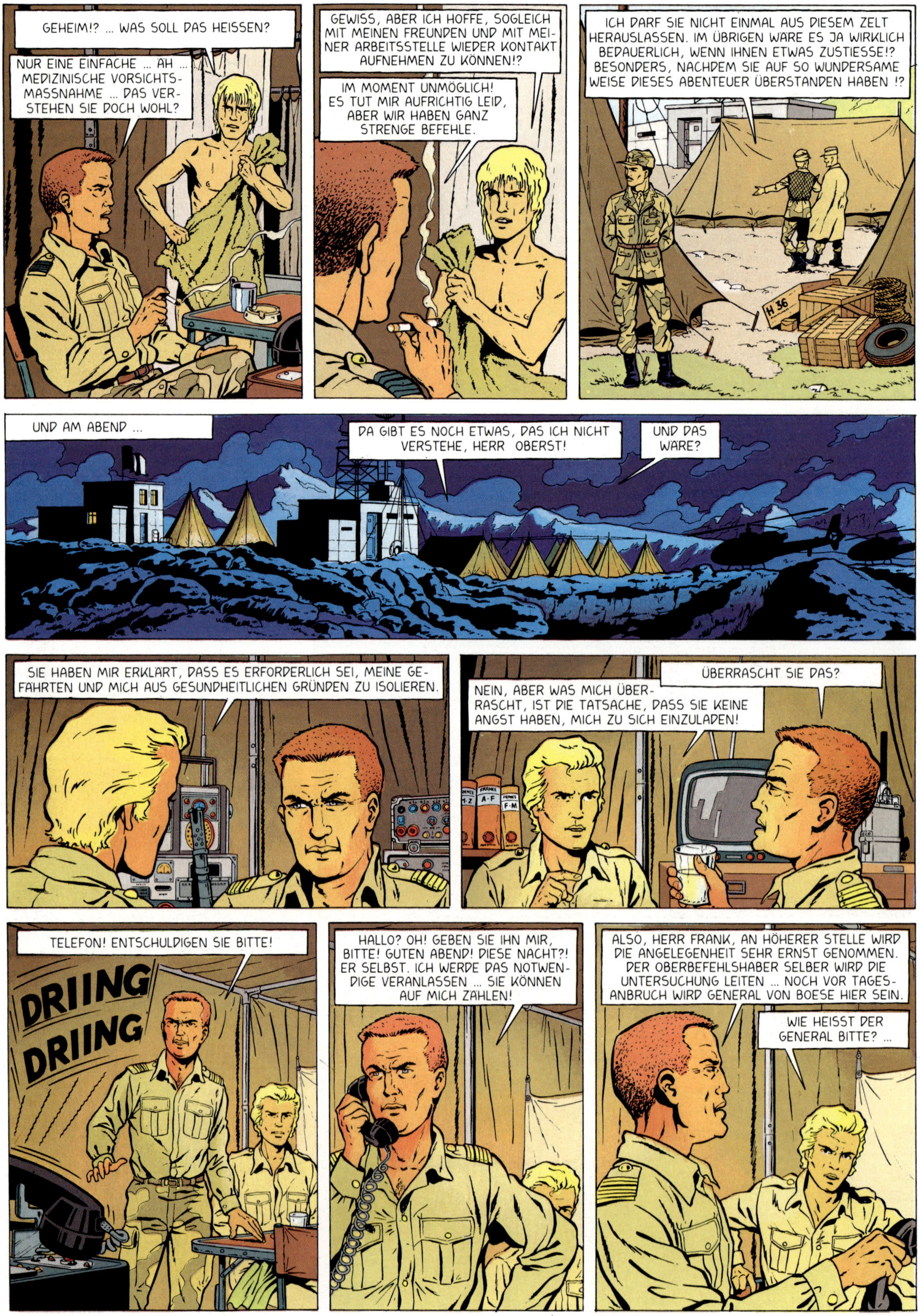
GEHEIM!? ... WAS SOLL DAS HEISSEN?
NUR EINE EINFACHE ... ÄH ... MEDIZINISCHE VORSICHTS-MASSNAHME ... DAS VER-STEHEN SIE DOCH WOHL?
GEWISS, ABER ICH HOFFE, SOGLEICH MIT MEINEN FREUNDEN UND MIT MEI-NER ARBEITSSTELLE WIEDER KONTAKT AUFNEHMEN ZU KÖNNEN!?
IM MOMENT UNMÖGLICH! ES TUT MIR AUFRICHTIG LEID, ABER WIR HABEN GANZ STRENGE BEFEHLE.
ICH DARF SIE NICHT EINMAL AUS DIESEM ZELT HERAUSLASSEN. IM ÜBRIGEN WÄRE ES JA WIRKLICH BEDAUERLICH, WENN IHNEN ETWAS ZUSTIESSE!? BESONDERS, NACHDEM SIE AUF SO WUNDERSAME WEISE DIESES ABENTEUER ÜBERSTANDEN HABEN !?
H 36
UND AM ABEND ...
DA GIBT ES NOCH ETWAS, DAS ICH NICHT VERSTEHE, HERR OBERST!
UND DAS WÄRE?
SIE HABEN MIR ERKLÄRT, DASS ES ERFORDERLICH SEI, MEINE GE-FÄHRTEN UND MICH AUS GESUNDHEITLICHEN GRÜNDEN ZU ISOLIEREN.
NEIN, ABER WAS MICH ÜBER-RASCHT, IST DIE TATSACHE, DASS SIE KEINE ANGST HABEN, MICH ZU SICH EINZULADEN!
ÜBERRASCHT SIE DAS?
A-F
F-M
TELEFON! ENTSCHULDIGEN SIE BITTE!
DRIING DRIING
HALLO? OH! GEBEN SIE IHN MIR, BITTE! GUTEN ABEND! DIESE NACHT?! ER SELBST. ICH WERDE DAS NOTWEN-DIGE VERANLASSEN ... SIE KÖNNEN AUF MICH ZÄHLEN!
ALSO, HERR FRANK, AN HÖHERER STELLE WIRD DIE ANGELEGENHEIT SEHR ERNST GENOMMEN. DER OBERBEFEHLSHABER SELBER WIRD DIE UNTERSUCHUNG LEITEN ... NOCH VOR TAGES-ANBRUCH WIRD GENERAL VON BOESE HIER SEIN.
WIE HEISST DER GENERAL BITTE? ...

GENERAL VON BOESE, ALTER ADEL! ER BEFEHLIGT DIE ABTEILUNG DES Z.S.G. 3 ... DAS SCHEINT SIE ZU ERSTAUNEN!? KENNEN SIE IHN DENN?
JA ... UND NEIN! SIND SIE DENN SICHER, DASS SEINE TITEL STIMMEN?
DIE GRAFEN VON BOESE SIND SCHON VOR GENERATIONEN GEADELT WORDEN!
ENTSCHULDIGEN SIE! ICH MUSS DEN EMPFANG DES GENERALS VORBEREITEN. UND DENKEN SIE AN IHRE ANWEISUNGEN!
ICH HABE NICHT DIE ABSICHT, DAS ZELT ZU VERLASSEN.
HAUPTMANN MAUDHUIS, DER HUBSCHRAUBER DES GENERALS LANDET GLEICH; LASSEN SIE DIE POSITIONSLICHTER ANZÜNDEN!
ZU BEFEHL, HERR OBERST!
UND WENIGE MINUTEN SPATER IST DIE LANDEPISTE VON ZAHLREICHEN FACKELN ERLEUCHTET.
ES IST EIN GROSSES RISIKO, ABER ICH MUSS ES VERSUCHEN ... DIE CHANCEN STEHEN ZEHN ZU EINS, DASS ICH DURCHKOMME. MAL SEHEN!
HALLO!? HALLO!? BEFEHLSZENTRALE? ... JA, EILIG ... GEBEN SIE MIR 325 20 05 IN PARIS ... ICH WARTE.
ABER PLÖTZLICH ...
ALARM! DIE ALTE UND DIE BEIDEN JUNGEN LEUTE SIND WEG!
VERDAMMT! UND DER GENERAL IST GLEICH HIER!
HALLO?! HALLO? BIST DU'S, LOUIS? ACH! WIE BITTE? WANN? ... ABER, WAS SUCHST DU DENN HIER?
PST!
ICH HABE SIE GEFUNDEN ... KOMMT HIERHER! ... SIE SIND DA AM RANDE DES ABGRUNDS.
RÜHR DICH NICHT, LISA! ... INNERHALB DES KREISES KANN UNS NIEMAND ETWAS ANHABEN.

| Panel | Text |
|---|---|
| 1 | GROSSER UND STARKER GEIST, SCHLIESSE DEN KREIS, DAMIT DAS BÖSE IHN NICHT MEHR DURCHDRINGEN KANN! |
| 2 | KOMMEN SIE ZURÜCK, DAS IST EIN BEFEHL! |
| 3 | GEBT EINEN WARNSCHUSS AB, ABER PASST AUF, DASS IHR SIE NICHT VERLETZT! PANG PANG |
| 4 | HIER KOMMST DU ALSO, SATAN, AUF DEN ICH SCHON SO LANGE WARTE, MIT DEINEN KOMPLIZEN BEELZEBUB UND BELIAL, BLUTSAUGERN DIESER ERDE! DU KEHRST AN DEN ORT DEINER VERBRECHEN ZURÜCK, WIE ALLE MISSETATER, DENEN DU EIN VORBILD BIST! ... ENDLICH! NACH MEHR ALS FÜNF JAHRHUNDERTEN! ... |
| 5 | OH! ... UNFASSBAR! DIE KUGELN SIND WIE AN EINER UNSICHTBAREN MAUER ABGEPRALLT. |
| 6 | STILL! STILL! HÖRT MAL! DA KOMMT EIN HUBSCHRAUBER! ... DAS IST ER! ... |
| 7 | DIE ALTE FRAU SCHEINT IN TRANCE. WAS SOLLEN WIR MACHEN, HERR OBERST? WIR KÖNNEN DIE VERRÜCKTE NICHT DA LASSEN, WENN DER GENERAL KOMMT. |
| 8 | DU UNGEHEUER! ... DU UNGLÜCK DIESER ERDE, KEHRE IN DIE HÖLLE ZURÜCK! BEI DER GERECHTIGKEIT DER GERECHTEN! |
| 9 | AAHH! |
| 10 | WAAM! |

ALS HATTE DIE MASCHINE EINE GEWALTIGE MENGE SPRENGSTOFF GELADEN, HEBT SICH DER BERG IN DIE HÖHE, EXPLODIERT ...

... UND STÜRZT IN EINEM GEWALTIGEN FEUERMEER WEISSGLÜHENDER STRAHLEN IN SICH ZUSAMMEN.

UND DANN GESCHIEHT ETWAS AUSSERGEWÖHNLICHES: EIN HEISSER WIND FEGT ÜBER DIE EBENE ... DER PLÖTZLICHE WINDSTOSS IST GEWALTIG ...

DIE GLUT DER HÖLLE! DAS LICHT UND DIE UNERTRÄGLICHE GLUT DES DÄMONS!

VON DEM BERG IST KAUM ETWAS ÜBRIG. DIE SIEBEN PFORTEN ZUR HÖLLE SIND SICHER ZERSTÖRT WORDEN!

DIE BEIDEN FRAUEN SIND WEG! ...

VOR DEM UNFALL WAREN SIE NOCH DA!

DIE ALTE HAT EINEN KREIS IN DAS GRAS GEZOGEN.

ABER, DAS IST JA HEXEREI!

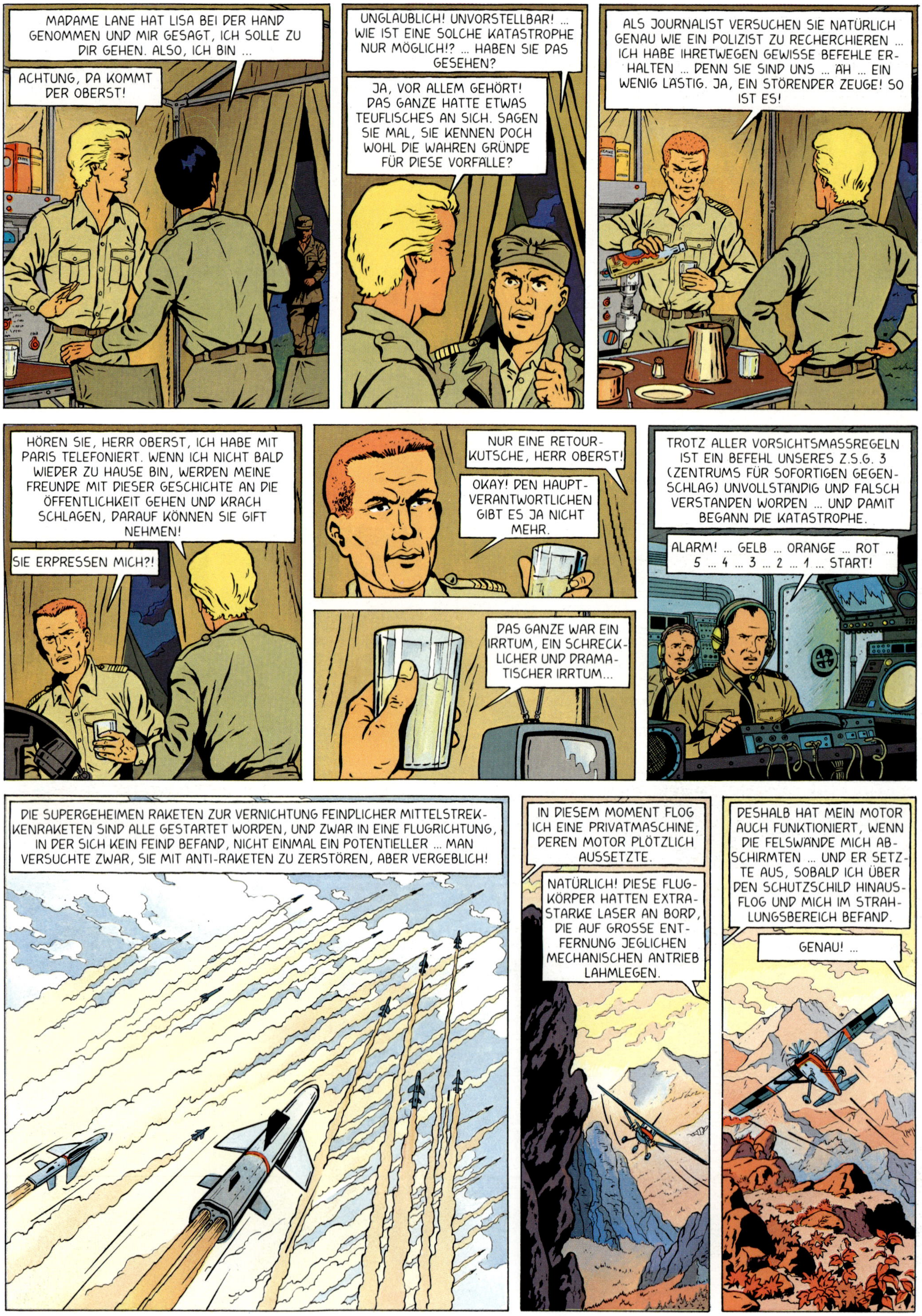
MADAME LANE HAT LISA BEI DER HAND GENOMMEN UND MIR GESAGT, ICH SOLLE ZU DIR GEHEN. ALSO, ICH BIN ...
ACHTUNG, DA KOMMT DER OBERST!
UNGLAUBLICH! UNVORSTELLBAR! ... WIE IST EINE SOLCHE KATASTROPHE NUR MÖGLICH!? ... HABEN SIE DAS GESEHEN?
JA, VOR ALLEM GEHÖRT! DAS GANZE HATTE ETWAS TEUFLISCHES AN SICH. SAGEN SIE MAL, SIE KENNEN DOCH WOHL DIE WAHREN GRÜNDE FÜR DIESE VORFALLE?
ALS JOURNALIST VERSUCHEN SIE NATÜRLICH GENAU WIE EIN POLIZIST ZU RECHERCHIEREN ... ICH HABE IHRETWEGEN GEWISSE BEFEHLE ERHALTEN ... DENN SIE SIND UNS ... ÄH ... EIN WENIG LÄSTIG. JA, EIN STÖRENDER ZEUGE! SO IST ES!
HÖREN SIE, HERR OBERST, ICH HABE MIT PARIS TELEFONIERT. WENN ICH NICHT BALD WIEDER ZU HAUSE BIN, WERDEN MEINE FREUNDE MIT DIESER GESCHICHTE AN DIE ÖFFENTLICHKEIT GEHEN UND KRACH SCHLAGEN, DARAUF KÖNNEN SIE GIFT NEHMEN!
SIE ERPRESSEN MICH?!
NUR EINE RETOURKUTSCHE, HERR OBERST!
OKAY! DEN HAUPTVERANTWORTLICHEN GIBT ES JA NICHT MEHR.
DAS GANZE WAR EIN IRRTUM, EIN SCHRECKLICHER UND DRAMATISCHER IRRTUM...
TROTZ ALLER VORSICHTSMASSREGELN IST EIN BEFEHL UNSERES Z.S.G. 3 (ZENTRUMS FÜR SOFORTIGEN GEGENSCHLAG) UNVOLLSTANDIG UND FALSCH VERSTANDEN WORDEN ... UND DAMIT BEGANN DIE KATASTROPHE.
ALARM! ... GELB ... ORANGE ... ROT ... 5 ... 4 ... 3 ... 2 ... 1 ... START!
DIE SUPERGEHEIMEN RAKETEN ZUR VERNICHTUNG FEINDLICHER MITTELSTRECKENRAKETEN SIND ALLE GESTARTET WORDEN, UND ZWAR IN EINE FLUGRICHTUNG, IN DER SICH KEIN FEIND BEFAND, NICHT EINMAL EIN POTENTIELLER ... MAN VERSUCHTE ZWAR, SIE MIT ANTI-RAKETEN ZU ZERSTÖREN, ABER VERGEBLICH!
IN DIESEM MOMENT FLOG ICH EINE PRIVATMASCHINE, DEREN MOTOR PLÖTZLICH AUSSETZTE.
NATÜRLICH! DIESE FLUGKÖRPER HATTEN EXTRASTARKE LASER AN BORD, DIE AUF GROSSE ENTFERNUNG JEGLICHEN MECHANISCHEN ANTRIEB LAHMLEGEN.
DESHALB HAT MEIN MOTOR AUCH FUNKTIONIERT, WENN DIE FELSWANDE MICH ABSCHIRMTEN ... UND ER SETZTE AUS, SOBALD ICH ÜBER DEN SCHUTZSCHILD HINAUSFLOG UND MICH IM STRAHLUNGSBEREICH BEFAND.
GENAU! ...

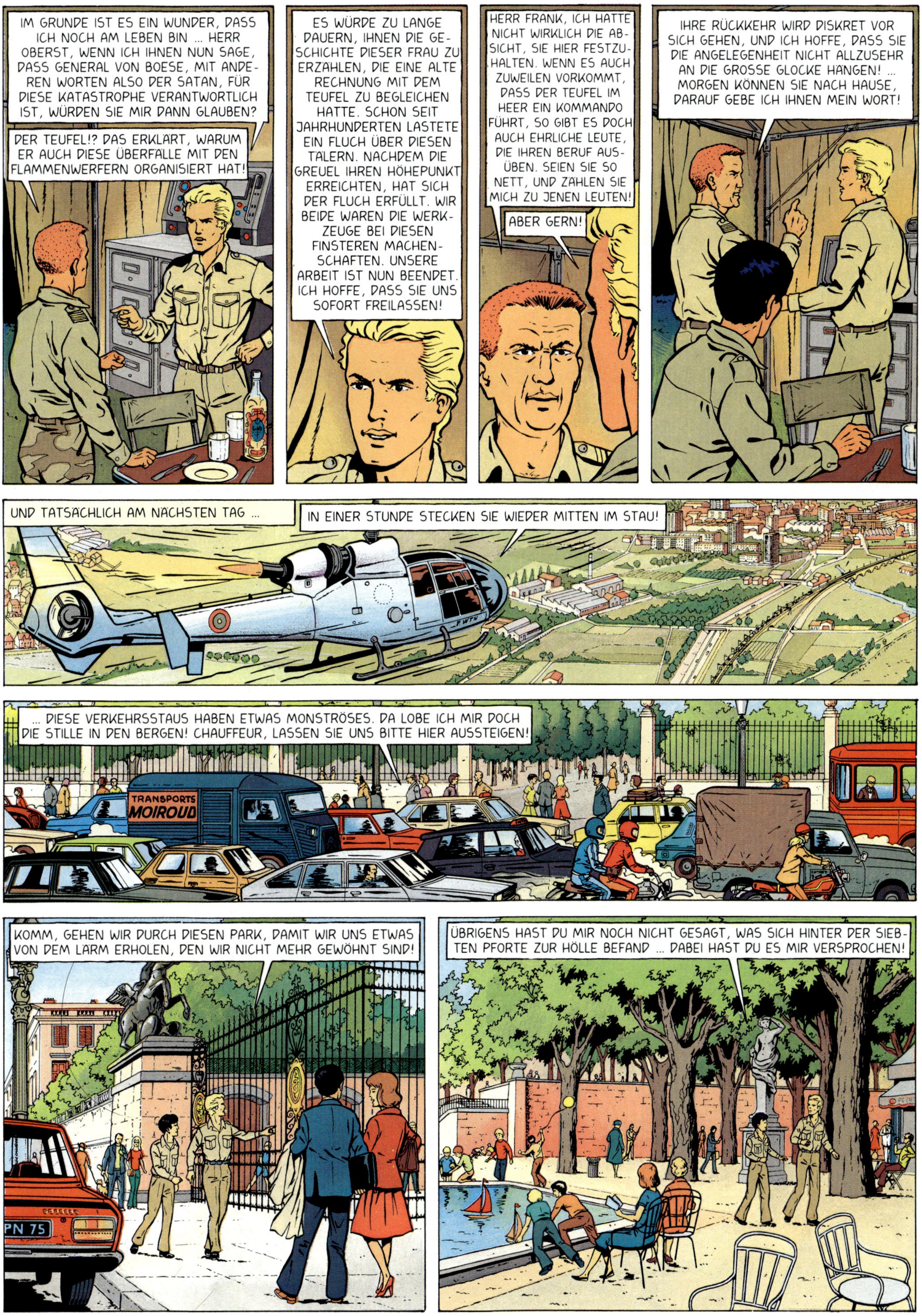
IM GRUNDE IST ES EIN WUNDER, DASS ICH NOCH AM LEBEN BIN ... HERR OBERST, WENN ICH IHNEN NUN SAGE, DASS GENERAL VON BOESE, MIT ANDEREN WORTEN ALSO DER SATAN, FÜR DIESE KATASTROPHE VERANTWORTLICH IST, WÜRDEN SIE MIR DANN GLAUBEN?
DER TEUFEL!? DAS ERKLÄRT, WARUM ER AUCH DIESE ÜBERFÄLLE MIT DEN FLAMMENWERFERN ORGANISIERT HAT!
ES WÜRDE ZU LANGE DAUERN, IHNEN DIE GESCHICHTE DIESER FRAU ZU ERZÄHLEN, DIE EINE ALTE RECHNUNG MIT DEM TEUFEL ZU BEGLEICHEN HATTE. SCHON SEIT JAHRHUNDERTEN LASTETE EIN FLUCH ÜBER DIESEN TÄLERN. NACHDEM DIE GREUEL IHREN HÖHEPUNKT ERREICHTEN, HAT SICH DER FLUCH ERFÜLLT. WIR BEIDE WAREN DIE WERKZEUGE BEI DIESEN FINSTEREN MACHENSCHAFTEN. UNSERE ARBEIT IST NUN BEENDET. ICH HOFFE, DASS SIE UNS SOFORT FREILASSEN!
HERR FRANK, ICH HATTE NICHT WIRKLICH DIE ABSICHT, SIE HIER FESTZUHALTEN. WENN ES AUCH ZUWEILEN VORKOMMT, DASS DER TEUFEL IM HEER EIN KOMMANDO FÜHRT, SO GIBT ES DOCH AUCH EHRLICHE LEUTE, DIE IHREN BERUF AUSÜBEN. SEIEN SIE SO NETT, UND ZÄHLEN SIE MICH ZU JENEN LEUTEN!
ABER GERN!
IHRE RÜCKKEHR WIRD DISKRET VOR SICH GEHEN, UND ICH HOFFE, DASS SIE DIE ANGELEGENHEIT NICHT ALLZUSEHR AN DIE GROSSE GLOCKE HÄNGEN! ... MORGEN KÖNNEN SIE NACH HAUSE, DARAUF GEBE ICH IHNEN MEIN WORT!
UND TATSÄCHLICH AM NÄCHSTEN TAG ...
IN EINER STUNDE STECKEN SIE WIEDER MITTEN IM STAU!
... DIESE VERKEHRSSTAUS HABEN ETWAS MONSTRÖSES. DA LOBE ICH MIR DOCH DIE STILLE IN DEN BERGEN! CHAUFFEUR, LASSEN SIE UNS BITTE HIER AUSSTEIGEN!
TRANSPORTS MOIROUD
KOMM, GEHEN WIR DURCH DIESEN PARK, DAMIT WIR UNS ETWAS VON DEM LÄRM ERHOLEN, DEN WIR NICHT MEHR GEWÖHNT SIND!
PN 75
ÜBRIGENS HAST DU MIR NOCH NICHT GESAGT, WAS SICH HINTER DER SIEBTEN PFORTE ZUR HÖLLE BEFAND ... DABEI HAST DU ES MIR VERSPROCHEN!

GOLD, ROBERT! DAS GANZE GOLD DES TEUFELS, VON DEM NUR NOCH EIN HAUFEN STAUB ÜBRIG IST.
HALLO! ... HALLO! ...
SIE HABEN DAS HIER VERLOREN. NEHMEN SIE ES!
ACH!? DAS IST SELTSAM! ... NA JA, DANKE, MEIN JUNGE!
SONDERBAR! ICH KANN MICH NICHT ERINNERN, DIESES STÜCK PAPIER IN MEINER HOSENTASCHE GEHABT ZU HABEN! ... LASS MAL SEHEN!
SCHEINT EIN BRIEF ZU SEIN ...
OH, DER IST VON MADAME LANE!
den 17.
Lisa und ich konnten Ihnen nicht mehr auf Wiedersehen sagen. Entschuldigen Sie bitte! Wir werden oft an Sie denken. Vielleicht bis später!
Laura und Lisa
NATÜRLICH IST DIESER BURSCHE VERSCHWUNDEN! SCHON WIEDER HEXEREI! ... NIMMT DAS DENN NIE EIN ENDE?
ICH WEISS DA EIN MITTEL.
GIB MIR DEN BRIEF! ICH WILL IHN ZERREISSEN UND DIE SCHNITZEL IN DEN PAPIERKORB WERFEN.
RICHTIG! VERTILGEN WIR ALLES, WAS AN DIESEN SPUK ERINNERT!
SO! ABER UNSERE ERINNERUNGEN BLEIBEN!
KOMM JETZT! NOCH NIE WAR DER HIMMEL SO BLAU, DIE LUFT SO MILD UND DIE BÄUME SO GRÜN ...
WHOUF
ENDE